岡村知昭句集

然るべく

第一章　チューリップ

バス停や牡蠣食べてより脈早く

マフラーを外し仮病のおともだち

春立ちぬ鱗あろうとなかろうと

早春の雨ハーモニカ教則本

眠らぬよ梅林行きのバスに乗り
梅林へゆく涙腺のあるうちに

おにぎりやかつての村の梅匂う
ぜんぶ賛成ひなあられこぼしつつ

さいころの見当たらぬ雛祭かな

チベットを忘れながらの流し雛

啓蟄を告げられなくて左利き

春寒し化石は「さがすよりつくる」

三月やカナリア飼われ中華街

産卵のごとくつちふり雑貨店

つちふりて砲丸投げの予選なり

つちふれりアンモナイトの化石割れ

目撃はなかったことに山笑う

売り尽くしセールあわゆきはじまれり

仮病とは思わねど三月の雪

あわゆきぞ人魚のおはなしの途中

あわゆきと鼻血のひさしぶりである
牡丹雪降りだし悟らなくてよし

チューリップ買いに腱鞘炎の友

初出場初優勝チューリップ白

眠りねむり眠りチューリップの真白

チューリップ畑へ積もる祝詞かな

寝小便かとチューリップ囃しけり

チューリップ咲くはずのない箪笥かな

うつむくやチューリップ農協に咲く

チューリップ治安維持法よりピンク

三叉路やプロデューサーの春の風邪

白粥や四月一日には終わる

春昼の電源のうすぼこりかな

春光の国の殺菌はかどらぬ

サクラサク尼寺までの石畳
花冷の道案内の尼僧かな

案内の尼僧笑わず養花天

花冷のついに外れぬ指輪かな

砂利道は本日限り朝桜

年上のすべり台なり夕桜

口開きかけて湖畔の夕桜

反則じゃないか名残の山桜

さて沈思黙考のふり花曇

春の月京人形になってみよ

小町忌はきのうでよろし薄荷飴

自転車へたどり着かざる朧かな

いなきと言い含められ月朧

迎撃のものがたりする遅日かな

シクラメンだから三階にはいない

本名はいらなくなりて春の海

葱坊主シュプレヒコールとは若く

段違い平行棒春闌けにけり

石棺の蓋どこへやら春暑し

第二章　なんじゃもんじゃ

桜並木へ謝ってなどおらぬ
一門の涙のごとし白つつじ

白つつじもののふなき世ありがたく
宵闇の揉めることなき断種かな

ヒトラーの忌に頼まれて然るべく

薄暑光言わなくなりて四番打者

髪を梳く野球のやってきてもなお
鯉のぼり改悛の情去りにけり

信長お断りの茶畑なるぞ

軽症の父を擁する田植かな

大和田獏ねむる五月を母と分かつ

妹の子だくさん卯の花腐し

祀るべし空港のつばくらめの子

ふりむかず紙の燕の喪に服す

早朝のなんじゃもんじゃの樹はずるい

改心をなんじゃもんじゃへ捧ぐなり

喉渇きなんじゃもんじゃはいま盛り
非婚未婚なんじゃもんじゃは白い花

非戦不戦なんじゃもんじゃは散りにけり

初鰹この人握手会帰り

唱歌いま晴天にして尖りけり

薫風の老犬を嗅ぐ白衣かな

つけまつげなしの挑発風薫る

短夜のならのほとけのけものめく

砂浜に聖子少々麦の秋

麦を刈る野球探しは禁じられ

おいしくはなさそうな塔あおあらし

天竺になりたいくせに青嵐

日時計を産める優良児を探す

日時計を触りたがるよ痩せながら

短夜の脱がねばならぬ防護服

交番へ僧を置き去り杜若

はじまらぬ五月雨リニアモーターカー

六月や大言壮語あたらしく

入梅や男いらずの宗主国

空梅雨のベリーダンスの遅刻かな

ソ連なるむかしばなしや立葵

大男やめたくなりぬ濃紫陽花

転生のあってはならず歯を磨く
資本主義礼賛茅の輪くぐりけり

校倉のかたつむりなら私なら
あめんぼうまでいなくなりぜんぶ脱ぐ

ことごとく漫才となり青田風

冷しカレーうどんなり強硬派なり

醒めてより産毛を水の通いけり

イルカショー見るまでもなく油照

白衣へのできぬ約束うるう年

純国産せんこうはなび震度三

しろき蛾よ幕府よみがえらぬすぐには

第三章　遠浅

みずうみや弁士中止の夏来たる

恩賞のピザ楕円なり木下闇

整列で湖畔で眠りこけたるよ
朝食はところてんのみ訃報読む

脱いで脱いで心太より柔らかで

切支丹大名多弁心太

夏服の三島由紀夫の哄笑よ
ブリキではない兄の泣くハンモック

発禁となるわたくしや蓮の花

僧以外水打っており池袋

教会の打ち水五人がかりなり

図上演習ぞ夏帽子をかぶり

高騰や舌光らせて夏燕

床下のしろさるすべりはにかめり

みどりごの固さの氷菓舐めにけり

なまぬるき西瓜喰いつつ親日家

遠浅の浜すでになし氷噛む

遠浅や子役の乙女もう泣かぬ

からっぽのダムへと入る生徒会
すぐに来いフラミンゴより無臭なら

即身仏いない近江やビール注ぐ
芝刈って即身仏に来てもらう

夏雲やチンパンジーのいない檻

鉄骨のごとし昼寝の古着商

夏風邪のわたあめ売りで白人で
夏の風邪うしろにはカラシニコフ氏

文部科学大臣征伐草いきれ

炎天や黙らぬ出口調査員

常夏を欲しがる子への茶漬かな

走り幅跳び夕凪となりにけり

むぎわらぼうし始球式撮る係なり

逃げられはしない夾竹桃の勝ち

容疑者のポスター貼るや西日中

うなだれる力はあって雲の峰

馬運車にバス追い抜かれ西日中

おおきなねこ欲しがるおさなごへ西日

ひまわりや管轄外とだけ言われ

八月が入りきらない母屋かな

馬糞すぐ取りに行きます蝉しぐれ

鎮魂がパンティストッキング干す

空港や痔のはじまりの敗戦日

黙祷のあとにふらつくのが仕事

終戦日メリーゴーランドは拭かれ

朝顔の藍に飼われる鬼子かな

包帯を巻き直し嗚呼としまえん

八月の雨より国のおびただし

実効支配はじまる鼻血直後かな

盆踊りひこうきぐもの消えたがらぬ

桐箱へ遺作しまわれ夏の果

眉剃ってひよこめぐりのみんなかな

剃り終えてぼたもちいくらでも食える

初秋のペンキまみれの両手かな

撃たれざる指いくつある天の川

万能のかなかなの棲む駅舎かな

ビアホール月蝕予報通りけり

第四章　タンク

童顔という褒め言葉天の川

きびだんごもらい台風一過なり

舌はある靴ひもほどけたる朝に
ねじ外れそうなタンクの残暑かな

濡れている指人形と御飯だよ

新涼の神父三角座りだが

正装のモノクロに付きまとわれる

秋暑しバービー積んで駆逐艦

痒くなりタンクのねじの弛みだす

コントロール下のひぐらしは酸っぱいか

コントロール下の夕虹へ来てください

液状化恐れぬベビーカーたちよ

水色ばかりコントロール下の換気扇

コントロール下の赤蜻蛉あかい花

十六夜のタンクに登り以下同文
こでまりの地盤沈下の恐れかな

ブルーシート被りタンクの秋の暮

タンク増設ひがんばな刈るならば素手

タンク増設増設ひがんばな鮮やか
タンクへと飛んでいかない頭痛かな

秋蝶の止まりタンクをやめにけり

秋蝶の国のどうでもよくなりぬ

出来そうもない空港のばったかな
まんじゅしゃげ円卓会議通りけり

銃後ではあたまがよくてバター買う

秋分や鳩とまらせて穴太衆

秋燕なる廃帝の遺品かな

呆然を習いたがるよ猿山は

秋冷やキリシタン大名の墓

擦りむいて気圧の谷というところ

月末の雨やまざるや赤電話

秋雨前線侵犯いたしたく候

長夜なり玄関ナフタリン臭く

化野や粥できあがるまでの雨

小鳥来るモーツァルトは聞かずとも
色鳥のいるよ神父のうしろには

蛇穴に入る断言はためらわれ

拳闘は案山子をしのぐ男子かな

松明の集いて神無月の浜
ひげしろくなくても神父月あかり

あきざくら発表会へ母戻る

分離独立あり桃の熟したり

しろまんじゅしゃげ目測を誤りぬ
梅擬ひなたはなにもしておらぬ

停電のユニクロだけの五階かな

横たわり野球賭博の藁の家

日帰りや一輪挿しの秋桜

市長選藁の家へは入らざる

寝室や熟柿のごとく麗子像

第五章　雨音

雨音や斜塔を妻といたしたく
泣きぼくろいくつ夜長の金物屋

下痢そして銀木犀の忌なりけり

落花生投げつけられる司会かな

葱畑よろこんで暗澹を脱ぐ

既婚未婚未婚既婚葱まるかじり

葱焼けて出生率を下げにけり

マザーグース流れ結婚より仮眠

未婚には触れてよろしい葱の花

葱の香に付きまとわれる産後かな

快方や葱刻む音途切れたる

男尊女卑をふりかけにまで言われたり

外敵はどれにしようか冬に入る

しぐるるや夷敵匿う杉林

大仏へ近づけずしぐれて候

このたびは白人が臥す枯野かな

いくらでも包装すべく枯野ゆく

千昌夫いない枯野の快晴よ

奈良からの客語りだし返り花

非公開とはなぜ朝の返り花

風花や節電頼まれておらず

風花をほめるばかりの司会かな

プリンしか食べられなくて冬日向

花のあってはならぬ写経には

停戦の日ぞにわとりを飼いながら
ふたことめには倫敦の寒の鯉

極月のにわとりの放し飼いかな

にわとりによく言い聞かせ寒茜

献血を呼びかけられて鼻冷えて

剥製の犬幼くて冬の星

つぶやきの真贋不明冬銀河
鼻だけは動物園をなぐさめる

くちびるはありましたけど山眠る

召されたくなくて山茶花へと逃げる

戒名の捨てられてある冬田かな

葉牡丹へ誓わなければ雨が降る

葉牡丹やバターを買ってあるはずが
小糠雨よし倫敦があればよし

雨音や黙って鶴を持ち帰る

アナウンサーとの相席や晦日蕎麦

ポインセチアよ日吉丸とはわが名

トロンボーン吹かれて雨の大晦日

金髪や大つごもりにデモあまた

寒昴うりざねがおはデモ帰り

零点をくりかえしますす眼鏡拭き

空腹の僧の饒舌おおみそか

玉葱へゆきふるまでの西部劇

カステラの描写細密寒波来る

言い間違い恥ずかしがらず雪達磨

本山の目鼻なき雪達磨かな

郷ひろみとは名付けずに雪達磨
見てはならない冬の虹見なくては

雨音は錆びていないとやってくる
関西の騙されやすき枯木かな

行列の先に階段寒の雨

第六章　見物

はにかみへあくびで応え鏡餅

鎖国への淡きあこがれ祝箸

泣いてなどいない凧揚げより戻り
セーターを脱いでしまわぬ射的かな

悲観から覚めたくはなく実千両

ビニールの凧置き去りの河原かな

高騰のもみじおろしや初戎

無神論へはものの言わず小豆粥

撮られたくない獅子舞とカレー食う

万全の狗奴国はさざんかの中

しゃべれなくなり冬空を熱気球

冬の雨増毛法のコマーシャル

痣五十箇所きさらぎはあしたから

水湊やランドセル売り切れの午後

ほくろ除去手術見学冴え返る

きさらぎの雨なり退路なかりけり

きさらぎの朝の雨ミッキーマウス
迷い猫発見きさらぎの小雨

再放送きさらぎの雨上がりけり

青銅の犀と暮らせば春日向

口閉じて盆梅展の人だかり
しらうめを褒めず埼玉県生まれ

御訪問後のしらうめの無臭かな

春一番タイプライター見物へ

相聞歌とは気づかずに春の雨
卒業式中止を告げて髭剃らぬ

卒業式中止決行たぶん晴
何も降らなくて卒業式中止

赤福やあらゆる中止喜ばし

卒業式中止の水玉の空よ

髭剃ってしまって中止また中止
卒業式中止不問の高炉かな

ついに泣き三連休の交差点
分校に飼われ燻製じゃなくてよ

つちふれりうしろすがたのみんな僧

つちふれり大声さらに涙声

いなくなる人いないひとつちふれり

泣かぬ子にまとわりつかれ僧を買う

桃の花ドッヂボールを引退す

三分咲き木造校舎解体へ

朝風呂や四月一日付解雇

バービーはタンクにいます種痘まで

晩鐘よ即戦力のはなびらよ

諒闇に立ち向かうべき木橋かな

休憩の行者十人さくら咲く

花冷や銀紙でこいびとつくる

夜桜の二元中継妻子なし

失業や包みひらけば桜餅

あさってはあるはず桜餅四個

たくましくあれと命じる落花かな

膝枕禁止嘆願花は葉に

正社員募集花桐咲くことよ

ＯＢへ葉桜を売る男かな

しろすぎるはくもくれんで記者会見

祖母の忌のおねしょのあとの受賞かな

ひらがなはすぐに避難を春の海

鯉幟けむり少なくなりにけり

あとがき

私の第一句集となる本書には、一九九六年から二〇一四年までの作品の中から、三〇〇句余りを収めました。本格的に俳句に取り組んで二〇年近く、私が単独の著者として名を記す、はじめての一冊になります（これにより、二〇一一年刊行のアンソロジー『俳コレ』（邑書林）に収録された、柿本多映氏の選による一〇〇句「精舎」は「第零句集」となります）。

この一冊を編むにあたり、本格的に俳句に取り組んでからの二十年近くの間に書かれたひとつひとつの作品を振り返っていく作業は、予想以上の難関でありました。それは私がこれまで、十七音五七五定型に対し、あるときは勢いのままに突き動かされ、あるときは弱りがちになる己が心を懸命に奮い立たせながら、どうにか一句を、次の一句を、そしてさらなる一句を、と願いながら、なんとか書き続けてきた私自身の足跡をたどり直す作業でもあったからです。

ようやくこの難関にひと区切りがついた今、私を定型へ、音数律へ、そして俳句へと駆り立ててきた衝動のありようが、うっすらと見えてきたかもしれない、との感触があります。バラバラにうごめいていたあれやこれやが、言葉と言葉との連なりと音数律の連なりとの重なり合いを通じて、小さいながらでもひとつの像が立ち上がっていくことへの大きな喜び。そして、立ち上がった像が、目の前の光景や、己が内にある想いなどを軽々と突き抜けていく瞬間に全身を駆け抜けていく、しびれるような快感と、何かをつかみとったという確信とともに訪れる充実感。それらの喜びの経験の数々をさらに味わいたいのであれば、私はこれからも書き続けていかなくてはならないのでしょう。もちろん、書き続けていきたいですが。

それにしても、二十年近くの時を経て四〇歳を過ぎ、若かりし日に考えていた将来の姿から相当にかけ離れてしまった自分の姿に、どうしてこうなったのだろうとの悔いと、これからどうなるのだろうとの焦り、そして答えのない堂々めぐりにとらわれる自分への気恥ずかしさ、そんなさまざまな感情が、これまでになく襲いかかってくるのを感じずにはいられない毎日です。しかしながら、そんな毎日こそが、この一冊のあと、自分を俳句へ駆り立てていく大きな力となっていくのかもしれません。この先どうなるのかとの不安はこれからも尽きないのでしょうが、そばにはいつも俳句があるから心配するな、大丈夫だから、落ち着くべきところへ落ち着くから、と自分自身に言い聞かせながら次なる一句を求めていく、そんな毎日は、もうはじまっているのです。

そう大丈夫、なせばなる、なるようになる、なんとかなる。

私がここまで、何とか作品を書き続けてこられたのは、いろんな方々との貴重な出会いなくしてはあり得ません。なにかと理由を付けては怠けようとしがちな私にとって、みなさまからの叱咤激励や作品へのご意見ご感想の数々なくしては、俳人として育つことはできませんでした。この場を借りまして、みなさまに深く感謝申し上げます。そして、今後もなにとぞよろしくお願い申し上げます。刊行にあたっては草原詩社の平居謙氏にお力添えをいただきました。「草原詩社が出すはじめての句集です」との言葉が、句集刊行へ私の背中を押してくれました。ほんとうにありがとうございました。

最後にもう一度、次のステージへ向かう自分を励ますひとことを。

「なせばなる、なるようになる、なんとかなる。」

岡村 知昭

二〇一六年七月

岡村知昭句集　然るべく　　二〇一六年十一月一〇日　第一刷発行

著者　岡村　知昭　*Okamura Tomoaki*
発行者　平居　謙
草原詩社
京都府宇治市小倉町一一〇―五二　〒六一一―〇〇四二
発行所　株式会社　人間社
名古屋市千種区今池一―六―一三　〒四六四―〇八五〇
電話　〇五二（七三一）二一二一　FAX　〇五二（七三一）二一二二
〔人間社営業部／受注センター〕
名古屋市天白区井口一―一五〇四―一〇二　〒四六八―〇〇五二
電話　〇五二（八〇一）三一四四　FAX　〇五二（八〇一）三一四八
郵便振替〇〇八二〇―四―一五五四五
制作　岩佐　純子
表紙　K's Express
撮影　山村　由紀
印刷所　株式会社　北斗プリント社

ISBN 978-4-908627-05-7 C0092
定価はカバーに表示してあります。
＊乱丁本・落丁本は送料小社負担でお取り替えいたします。